푸른
시인선

010

날
개

김
종
호

시
집

푸른사상
PRUNSASANG

날개

김종호 시집

멀리 걸어왔다.

험한 길이었다.

지금 이 자리에 있다는 자체로 기적이므로

그의 섭리로 인도하신 하나님께 감사를 드린다.

다섯 번째

새 한 마리를 방생하려 한다.

새야

멀리 날아가라.

어느 산골 외로운 나무에 둥지를 틀고

울어라.

2017년 가을

김 종 호

| 차례 |

■ 시인의 말 5

제1부 엄마, 사랑해 나는 죄인이 되어 내 사랑은 거짓이 되어

15   별 2

16   강물의 노래

18   죽어서 사는 영혼의 몸짓

20   사막의 방랑자

22   새소리 5

24   누가 울고 있나

26   가을에

28   가을에 2

30   먼 산울림 우렁우렁

32   엄마, 사랑해!

33   그림자 7

34   억새꽃

제2부 내 안에 날개 한 쌍 고이 접혀 있었다

39   수평선 3

40   그림자 2

42   그림자 3

43   하늘길 3

44   그림자 4

46   어떤 기록

48   이 겨울에

49   나무 2

50   광야의 소리

52   가을의 기도

54   날개 3

58   존재에 대하여

| 차례 |

제3부 안개 낀 길에는 네 눈을 감으라고
새소릴까, 물소릴까, 바람 소리일까

63   매미

64   연자방아

65   하얀 종이

66   책장

67   시간과 나

68   문과 길과 숲

70   고등어

72   시계 소리

73   길을 찾다

74   이제는 돌아가야 할 때

75   방귀가 고소할 즈음

76   십일월의 나무

제4부 슬픔은 아침 바다 그득히 눈부시게
　　　반짝이는 윤슬

79　　달맞이꽃

80　　슬픔을 방목한다

82　　흔들림에 대하여

83　　그리움

84　　떠날 때는 2

86　　소년, 그리고 노인

87　　빈집 7

88　　별

90　　진 올레

92　　기적(汽笛)

제5부 하늘의 반을 가리고 선 느티나무
우뚝 선 진실은 아무 말이 없다

97   날개 1

98   바람이 분다

100   느티나무

102   거울 2

104   배가 고파 나를 먹다

107   숲에서 1

108   물고기의 슬픔

110   시간은 강물 위로 번쩍이고

112   개똥이

114   바람 2

116   나 그런 여자를 안다

제6부　하늘 무거운 날 허공이 쓸쓸을 쓸고 있네

119　가을 민들레

120　또 봄은 오고

122　노을

123　수선화 2

124　새벽 산길에

126　봄의 소리

128　가을엔

129　새소리 7

130　이 숲에 겨울이 오면

131　새소리 8

132　시월서정

135　**발문**　진혼의 한마당 ── 김석희

제 1 부

엄마, 사랑해 나는 죄인이 되어

내 사랑은 거짓이 되어

별 2

불현듯 부르는 소리에
얼른 대답하고 뜰에 나서니
초저녁 일찍 나온 별 하나
객쩍게 웃으며 있네.

어느 낯선 거리를 기웃거리다가
이제야 겨우 당도한
먼 날의 답장 없는 편지인지
해묵은 그리움이 깜박거리네.

어느 하늘가에서
너와 나는
바라만 보는 눈빛이었을까.

세월을 문 닫고
시름없이 여위다가
네게 닿을 때쯤
스러지려니, 가끔씩
네 생각에 지치지 않으리.

강물의 노래

처음엔
빗방울이었습니다.

어느 깊은 산곡에 내려
다만 막막함이었지만
오, 그것은 오케스트라의 첫 음절
음악은 비로소 시작되었습니다.
쫄쫄 흐르다가 강물이 넘쳐흐를 때에
사막에서도 툰드라에서도
생명의 노래는 모든 경계선을 지웠습니다.

처음엔 한 방울
눈물이었습니다.

메마른 가슴으로 내려
오, 그것은 거대한 용광로에 첫 화입
너와 내가 녹아서 우리의 노래가 되었습니다.
'톰 아저씨의 오두막'*에서 시작된
흑인영가는 미시시피 큰 강이 범람하였지요.

러시아의 눈물, 카튜사 마슬로바는
잔혹한 땅, 시베리아의 얼음을 녹이고
'부활'*의 노래가 되었습니다.

'아리랑 아리랑 아라리요'
한강은 두물머리의 연가를 부르며
햇살 푸른 아침 바다로 흘러가고 있습니다.

* 해리엇 비처 스토의 소설.
* 톨스토이의 소설.

죽어서 사는 영혼의 몸짓

한때 나를 태우던
지금은 휴지를 태우는 시간
껴안고 뒹굴던 몸짓들이
까맣게 몸을 뒤틀다가 허공으로
실낱같이 스러지는 고통의 시어들
그 하얀 고뇌를 조상하는 것이다

혀를 날름거리는 불꽃의 영혼 속으로
불타는 열대의 새소리가 무성하다
우두두두두두— 열대 스콜이 내리고
온몸의 세포가 몸을 떨던 환희와
잉잉— 밑동을 지나가는 기계톱의 우는 소리
빛을 연모하여 오로지 하늘로 짙푸르던 의지는
몇백 년이어도 순간에 허망한 것인가

내 가난한 앉은뱅이책상 A4 용지에
올챙이처럼 꼬물거리던 까만 문자들이
감동을 잃고 하얀 배를 드러낼 때
좌악— 가슴 복판을 예리하게 찢고 가는

고통에 뒤틀리는 영혼의 몸짓

모든 존재 위로
햇살은 한결같이 내리고
죽어야 한다, 부활의 꿈을 위하여
피를 철철 흘리는 길에
사랑은 죽어서 사는 영혼의 몸짓
불도 안 켠 창으로 드는 파란 달빛
재가 된 시어들이 가슴에 환하다

사막의 방랑자

붉은 사막의 방랑자
해를 뜯어먹으며
바람에 굴러다니는 텀블링플랜트*
언제였나, 꽃을 피웠던 기억으로
마른 수세미같이
하염없이 우기를 기다린다.

어릴 적 병명도 없이 실실 마를 때
나를 들쳐 업고 한의원을 오갈 때
어머니의 등이 지금도 따뜻하다
바람 부는 날은 아버지의 공일
포구의 주막으로 뗀마*처럼 따라 갈 때
어부의 억센 손이 지금도 넉넉하다.

생명을 빚진 자
사랑에 눈먼 자

날마다 산을 오르면서
새벽이슬에 젖으면서

풀잎처럼 기도하면서

어느 날엔가

가슴에 철철 넘치기를 기다린다.

* 텀블링플랜트 : 사막에서 굴러다니다가 비가 오면 그 자리에 뿌
  리를 내려 번식하는 식물.
* 뗀마 : 전마선의 일본어.

새소리 5

그 숲에
햇살에 내다 건 나뭇잎처럼
그 왁자하던 새소리는
한 번도 내게로 온 적이 없네

바람의 들판에 한 그루
느릅나무에 외로운 새
늘 내게 들어와서 울더니
느릅나무는 베어지고
새는 어디로 날아갔을까

사랑할 때
사랑으로 꽉 찼을 때
모두 어디로 떠났을까
도무지 보이지 않더니
비 오는 날
유리창에 줄줄 흘러내리네.

바람이 부는 거리에

낙엽은 갈 곳을 모르고, 그 새소리
옛 느릅나무 그루터기에서
저만 울고 있었네.

누가 울고 있나

바람은 떠나고
우우—
숲은 울었다

완도행 카페리는
꽃을 날리며 출항하고
와— 와—
가슴에 길을 내는
바다는 소리치며 울었다

수없이 오가는 사람들
어깨 스쳐가는 사람들……
길 떠나는
내가 서러운데
누가 뒤에서
모르게 울다 갔나

가는 데마다
비밀을 간직한 섬들이 있고

짙은 해무 속 섬 사이로
인어*의 노래는 손짓하는데
바다는 소리치며 부서지고
나는 또 나를 찾아 떠나야 하리

* 인어 : 로렐라이의 전설에 나오는, 라인 강변에서 아름다운 노래
  로 뱃사람을 홀려 난파시키는 요정.

가을에

가을엔 가만히 귀를 열어
대지의 이야기를 들을 일입니다.

숲은 결연히 침묵을 준비하고
길 떠나는 새들의 노래와
나무들의 붉은 눈시울과
사위는 잎들의 몸 비비는 소리와
벌레들의 등껍질 위로 내리는
아직 포근한 햇살과

사랑, 그 이유로
들판 너머 먼 끝으로
달려가는 소리, 소리들

보세요
먼 바다에 흔들리는
낙엽 같은 불빛을
아프지 않고서

사랑의 속살을 만질 수 있나요

가을엔
잠시 우리의 슬픔을 내려놓고
힘겹게 자맥질하는 바닷새, 그의
바다 이야기를 들어야 해요

가을에 2

바람이 썰썰한 들에
헹한 허수아비
먼 산을 보고 있네.

나만 섭섭하여
돌아앉았노라니
등 뒤에서 서러운
낮달이 글썽이고 있네.

멀건 하늘이
저리 깊은 것을
잦은걸음으로 군불 지피며
연기만 피웠나 보네.

바스락바스락
총총히 사라지는
가난한 풍요

그대 앞에서라면

가슴의 모국어로
나 고백할 수 있네
"사랑한다"고.

먼 산울림 우렁우렁
— 홍윤애의 사랑을 기리다.

금산*에 동백꽃
툭, 지는 붉은 결기
구차함도
여지도 없이 내려라.

새벽이슬 같은
여리고 미숙한 순정
정화수 떠놓고 빌고 빌어
순열한 사랑 그 또한
목숨으로 드리는 제사였나.

낡은 들녘에
잊혀진 비문 하나로 서서
바람 불고 비가 오고
눈이 내리고 또 봄이 오고

사람사랑
그 곧 하늘사랑
어느 하늘가에서

먼 산울림 우렁우렁

은은히도 들려오네.

* 錦山 : 제주시 납읍리에 있는 활엽상록수 공원.

엄마, 사랑해!
― 세월호 어린 영혼들을 추모함

"엄마, 사랑해!"

물속에 가라앉은
캄캄한 고백
사월 하늘을 찢어놓았다.

사랑은
어머니의 숨겨놓은
꿀단지인 줄 알았는데

"엄마, 사랑해!"

먹먹하여, 먹먹하여
꼭 죽을 것만 같은
잔인한 말이라니

나는 죄인이 되어
내 사랑은 거짓이 되어
영영, 누구에게
사랑을 말할 수 있으랴.

그림자 7
— 영혼

때로는
호젓한 숲길에서
건듯 불어오는 바람이거니

때로는
바다가 너무 넓어서
슬픈 해조음이거니

낮달처럼 외로운 날
어이-, 어이-
누구라도 부르고 싶을 때
문득 혼자가 아니었네

추적이는 비
모르게 흐느끼다가
해 쨍쨍한 날
어디로 스며버리는
나보다 더 슬픈 이 있네

억새꽃

새벽을 더듬어
고내오름*을 오를 제
억새꽃 물결치는 길 끝에
가난한 마누라 손을 흔들며 있네

철없어 허둥대는 아이
조심조심 한 걸음씩만 오르라고
처음 해보는 부끄러운 손을 흔들 때
퇴행성 갈퀴손이 갈매기의 하얀 날개를 닮았네

정상의 아침은 순전한 하늘
가슴 부풀려 한 아름 마시고
살랑살랑 미풍으로 내려올 제
열네 살 적 어머니
흰머리 날리시며 나와 계시네

"저것덜 놔뒁 어떵 눈 감으코."*
하시며, 눈 감으신 우리 어머니
지금도 세 살 적 뒤뚱거리는 아들

걸음걸음 더욱 발밑을 조심하라고
하얀 머리 주억이며 따라오신다.

* 고내오름 : 제주도 갯가 고내리 앞의 해발 176미터의 야트막한 산.
* "저것들 두고 어찌 눈을 감으랴."

제 2 부

내 안에 날개 한 쌍 고이 접혀 있었다

수평선 3

가도
가도
그 자리

닿을 수 없는
그리움

가다가
가다가

죽어서 건너갈
나의 수평선

그림자 2

풀잎 새에 하늘거리며
짐짓 먼 산에 눈을 두어보지만
아무 때 어디서나
햇살처럼 일일이 내게로 꽂히는
투명한 시선이 허공으로 있네

채워도 채워도 배는 고프고
안아도 안아도 허전한 가슴
실험실 유리 상자 안의 흰쥐
어디에도 네 숨을 곳은 없어
끝없이 사하라 사막을 끌고 간다

눈 내리는 들판에서
드디어 너는 보았지
또박또박 발자국을 찍으며
아득히 걸어온 그 길에
돌아갈 수도 지울 수도 없는 네 기록을

누구신가

안개처럼 허공을 가리고
내 안에서 나를 기록하는 이여,
그대는 어느 별에서 밀파된
전능자의 눈동자인가

그림자 3

가다가 문득 서면
멈칫 멈추는 소리

어이-, 부르는 소리에
돌아보면 무한 허공

가만히 흔들리는 풀잎인 듯
고요히 일렁이는 물결인 듯

천 길 물속에서 부르시나
하늘 끝에서 손짓하시나

바람으로 오시는 이여,
모르게 눈여기시는 이여

하늘길 3

무엇을 감추어둔 표정으로
길은 어디로나 손짓을 하고
사방으로 질주하는 차량들
어디 한 번 쳐다볼 새 없이 숨이 차다

밤새 뒤척이던 갈증으로
새벽의 고내봉을 오를 때
신비의 숲은 길을 보이지 않고
나무들은 수도승처럼 어둠을 지키고 섰다

산정에 서면 간절하여
가슴 가득 별빛을 마시지만
하늘에는 길이 없었다

동녘을 태우며
부챗살을 펴는 처음 햇살과
아직 불빛이 흐르는 거리에
나의 사랑은 떨며 바람에 가물거리고
발자국마다 고이는 기원이 사무칠 때
한 걸음씩 오르는 고내오름길, 거기
하늘로 오르는 길이 있었다

그림자 4

새들이 왁자한 숲에 시냇물 소리일까
나뭇잎이 일렁이는 어떤 눈빛일까
그는 늘 그 자리에 유리 거울처럼 있었다
무언가, 처음 의지를 굳게 세울 때에도
봄빛에 빛나는 먼 설산을 바라보고 있거나
폭풍이 그친 바다에 지친 물새처럼
최초의 색인된 기억으로 찰랑대고 있었지만
왠지 네 의지는 그를 의식한 적이 없었다
어머니가 돌아가시고 몇 밤이나
열네 살의 울음소리로 캄캄하였지만
먼 바다에 무적은 저만 울고 있었다
쇠심줄처럼 활시위를 당길 때에,
허공으로 소리치며 날아갈 때에 너는
왜 단 한 번도 그를 생각하지 않았을까
누구도 진정성을 의심하는 거리에서
분노의 눈으로 물컥물컥 자학할 때에
어둠 속에서 너를 바라보는 눈, 늘 있었다
너를 가리던 사악한 밤으로부터
너를 찾아 나서야 한다

주렁주렁 매달고 온 것들을 버리고
단출하여져야 한다, 이제야 겨우
걸음마다 짤랑거리는 목에 건 방울 소리가 들리고
늘 뒤에서 저만 목이 쉬던 무적 소리를 듣는다
그는 밤이 오지 않는 나라의 형상, 그의 여린
눈물로 네 안에 오래 낡아온 것들이 환하다
해 질 녘의 빛의 붉은 눈물을 본다

어떤 기록

심심한 연못가에 물수제비를 뜰 때
"쨍그렁" 깨어지는 수면
하늘에 금이 가고 구름이 흔들리고
무변(無邊)으로 스러지는 비명 소리
물의 상처는 너울너울
둔덕으로 충적되어 쌓이네

살면서 무거웠던 것들,
사소하여서 사소하지 않은 것들
옛 초가와 가족, 소꿉동무와 그 바닷가와
먼 성좌에 반짝이는 어린 사랑
그립고 슬픈 시간들이
산마루에 무지개 뜨네

파장(波長)이 끝난다 하여
아예 소진하는 것은 아니라고
떠나도, 떠나지 못하는 것들
허공에 스며, 슬픈 영상들
태엽 풀린 세월에

천 길 지층마다 눈을 뜨고 있네

어느 날엔가 눈 맑은 이

한 글자씩 손 짚어가며 읽을 것인가

이 겨울에

이 겨울
땅에 엎드린 인고 위로
눈이 내린다

고귀한 삶을 위하여
한 번은 죽어야 한다

죽지 않는 삶은 신이 없는 세상
원색의 본능으로 죽어야 한다

사랑을 번제를 드린 후
맑은 햇살 눈부시게
눈이 내린다

누구라 차마 범하랴
저 깊은 무채색의 콘트라스트
원색의 본능으로 한 번은 죽어야 한다

나무 2

흙의 가슴으로
하늘을 세우려는
적막한 의지

바람에 흔들리며
눈비에 질척거리는 저만치
휘돌아 보이지 않는 길에
삶은 몰래 피었다 지는 꽃

해가 뜨고 해가 지고
숨이 차서 달리는 계절에
산 하나 지고 가는
누구나
저 숲에 외로운 나무

푸름을 가꾸어
가을 속을 걸어가는 고요
나무는 아름답다.

광야의 소리

광야의 바람이 불어온다
낙타털을 두르고 광야를 깨우는 소리가 들린다
고온과 혹한이 물어뜯는 시간
영과 육이 서로 다른 곳을 바라볼 때
광야의 소리가 2천 년 너머로 불어온다

"회개하라!"
그 소리 떨리며
소진하여 허공이 되어도
바람의 기억으로 화살처럼 날아와 꽂히는
들리지 않아도 외치는 소리여!

살로메*의 벨리댄스는
시대의 소리의 목을 치고, 오늘
세례 요한*의 피가 소반에 흥건할 때에
카인*의 후예들이 유리하는 사막,
그 모래 속에 파묻힌 아벨*의
처음의 피가 일어나 소리치는 것이다

빛은 소리로 오는가

소리는 피로 씻어 빛이 되는가
햇살은 어둠 위로 너그럽고
계절풍이 거센 들판에
광야의 목이 쉰 소리가 불어온다.

* 살로메 : 1세기에 이스라엘 왕 헤롯의 의붓딸로 춤의 대가로 세례
  요한의 목을 요구함.
* 세례 요한 : 이스라엘의 선지자.
* 카인 : 성경에 나오는 인류 최초의 살인자.
* 아벨 : 카인의 동생으로 형의 질투로 죽임을 당함.

가을의 기도

한여름 뜨거웠던 무대는 막을 내리고
마지막 노래를 부르고 퇴장하는
매미의 눈빛이 이슬처럼 고요합니다.
가을걷이를 마친 풀씨들은 탱글탱글하고
겨울 집을 짓는 벌레들의 숨결 위로
짧은 가을 햇살이 너그럽습니다.
하늬바람은 소매 끝으로 스산하고
부스럭대는 낙엽과 하얀 홀씨들
눈시울이 붉은 계절에
바다 속으로 잠기는 장엄한 해를
겸손히, 눈을 감고 바라보게 하소서.
이내 북풍은 소리치며 달려올 것입니다.
눈이 내리고 일시에
세상의 삶과 모든 꿈을 하얗게 메우고
처음의 색으로 환원될 것을 믿습니다.
연주를 끝낸 악사들은 숲을 떠나고
앙상한 바람 소리만 처연할 때
준비된 평화와 안식, 맨 나중의 축복으로
펑펑 함박눈을 내리시고, 그리고

나목의 단출함으로 강가를 거닐듯
저물녘 바람으로 떠나게 하소서.
저 바람 거친 설원에 서 있는 나무
다만 그 단 하나의 희원이게 하소서.

날개 3

산을 오르다가 헐떡거리며
텅 비어 있는 하늘, 저
거리낌 없는 푸른 방임을 본다
산정의 상승기류에 활강하는
독수리의 날개가 또 푸르다

오색 빛 네온의 거리에
사람들은 범람하여 흐르고, 나는
파도 소리 쌓이는 절해의 고도
괭이갈매기 떼 날아오르는
모래톱에 앉아 날 줄 모르는 새
아득하여라
수평선은 굳건히 잠겨 있다

언제였나
고공 삼만 피트의 오후 다섯 시
하늘은 금빛 찬연한 구름 목장
한가로이 풀을 뜯는 하얀 양떼,

저 평화의 두께는 몇천 길이나 될까
"너를 던져!"
슬며시 들어와 속삭이는 미소
사뭇 몸이 떨리는 황홀

산정의 하늘은 무한히 열리고
조나단*의 하얀 날개를 꿈꾸었으나
수평선은 여전히 굳건하고
그 세월 헛되이 죄악이 되어
어둠 속에 파르르 떨고 있는 욕망은
내가 무거워서 날 수 없는 불안

불타는 무역풍의 바다에
나는 갈매기도 날지 않는 고도
슬픈 눈으로 수평선을 바라볼 때
어떤 이가 가슴을 툭치며 말을 하네
바위*는 바위일 뿐이야
왜 머리에 쥐가 나도록 바위를 굴려가는 거야

그가 또 엄숙하게 말을 하네
너는 네 것이 아니야 네 것은 없어
네 손을 펴는 순간 바람일 뿐
그 바람에 대해서나 생각해봐

그는 우주를 품은 날개
나와 함께 울고 웃으며
사랑의 완성을 위하여 피를 흘리는
하늘에 충만한 은유의 시인
그 앞에 산산이 해체되어
뱀의 허물처럼 바람에 날릴 때
웬일인가
나는 지금 날고 있는 것이다
아, 활강하는 날개여,
은빛으로 눈부신 나의 날개여!

애초에 나의 하늘은 내 안에
보료처럼 개켜져 있었다는군
빛나는 날개 한 쌍 내 안에

처음부터 고이 접혀 있었다는군

에베레스트의 만년설 위로
번쩍이는 독수리 날개여!
즐거운 마음으로
네 날개를 노래한다.

* 조나단 : 리처드 바크의 소설 「갈매기의 꿈」에 나오는 갈매기의
  이름.
* 바위 : 시시포스의 바위.

존재에 대하여

새벽을 걸어 고내봉에 오르면
가슴 환하게 열어주는 하늘
뒤채던 온 밤으로 나는
허겁지겁 하늘을 마신다
샛별은 불침번의 눈으로 나를 기다리고
북극성은 나의 미로에 등불을 켜 들고 있다

산 아래 해안선을 따라
하얀 이빨처럼 으르렁거리는 파도와
동쪽에서 서쪽 끝까지
은하수는 지상에서도 흐르고
잠들지 못한 수척한 거리에
가물거리는 반짝임 하나
스러질 듯 가슴 졸이며 있다

웬일로 수평선은
지상에서 가장 큰 원호로 나를 두르고
"네가 지구의 정점이야!"라는 것인가
갑작스레 심장은 쿵쾅거리는데

나로 하여 강물은 생명을 키우고,
꽃들은 피고 별들은 반짝인다는 거다
어머니 이전에 설계되었다는 것 아닌가

고고학자들이 찾아 나선
멀고 아득한 길에
닳고 찌들어 너덜거리며
저만치 거리를 어정거리고 있지만

그러나
내게는 유일한
내가 있다

새벽의 어둠을 밀어내며
붉은 애드벌룬을 띄워 올리는 태양
저 투명한 빛으로 조율된
나는 오케스트라의 현악기
산속 깊고 깊은 아침을
섬세한 선율이 나직이 흐른다

제 3 부

안개 낀 길에는 네 눈을 감으라고

새소릴까, 물소릴까, 바람 소리일까

매미

사위는 계절에
생을 태우는
매미가 따갑게 잦아든다

네 삶에 대하여
너는 언제
목숨을 걸어본 적이 있나

천지에
매미 소리뿐
사위가 아득하다

연자방아

아무도 찾는 이 없어
이끼 낀 세월에 잊혀진 이름
걸어도, 걸어도 그 자리
육중한 허무를 돌리고 있나

한때 농촌의 고달픔을 걸머메고
오지게 밀고 가던 때가 있었느니
시골 아낙들 시름 한 짐씩 지고 와서
눈물 콧물 젖은 수다를
왁자지껄 빻던 시절이 있었느니

미루나무는 태풍에 쓰러지고
까치 소리도 들리지 않는 적막
뻔질나게 드나들던 참새 떼거리도
곁눈 한 번 안 주고 간다

죽느니보다 슬픈 것은
네게서 지워지는 것
아무것도 아닌 시간에
무위의 해와 달을 굴리며 있다.

하얀 종이

하얀 종이, 그
처음을 걸어가고 싶다

새벽 산은
처음을 향한 침묵의 사원
하늘 우러러
나무들은 수직의 신도

한 해가 저무는 길목
오랜 집착과 낡은 표정들 위로
산정의 새벽은
침례의 강으로 흐르고

하얀 종이, 그
처음을 걸어가고 싶다.

책장

숲으로 가리라, 그 세월
나무처럼 꼬장꼬장하게 서서
숲의 이야기를 꿈꾸고 있다

황무한 가슴에
나무를 심어
꽃이 피고 새가 날아들기를
실로 오래 기다려온 도열

길 잃은 시간에
허탄한 열정은 탕진하고
잠 못 드는 긴 밤
네 유폐된 열망을 듣는다

그대 사랑 진실하기에
탕자의 깨달음으로
그대를 부르노라
남은 날을 다하여 부르리라

시간과 나

구름은 하늘에 그림자를 두지 않고
바람은 허공에 흔적을 남기지 않네

꽃들은 보는 이 없이 아름답고
새들은 듣는 이 없이 즐겁다

보이지 않는 시간을 토막 내면서
무변한 수평선을 갈피 접으면서
스스로 배반하고
스스로 피를 흘리나

오늘도 초조하게 지는 해
'지금 몇 시나 됐을까?'
삼백 년 소나무는 고개를 젓고
아예 문을 닫아걸고
바위는 저만 고요하네.

문과 길과 숲

문이 없는 하늘에
구름의 펼치는 자유분방하고
자폐의 부엉이는 문을 닫고
밤이 되어도 날지 않네

무한 질주하는 차량과
오 분마다 뜨고 앉는 비행기들
잠시도 쉬어 갈 수 없는 길에서
어디로들 가고 있을까

바람 부는 날이면 숲으로 가네
해도 달도 잘그락거리고
휘파람을 불면서
주머니에 손을 찌르고 걷노라면
손안 가득 만져지는 그리움
가지에 앉은 바람의 쓸쓸
길을 지우는 안개의 슬픔

숲이 가만히 말을 하네

바람 부는 대로 풀잎이 되라고
안개 낀 길에서는 눈을 감으라고
새소릴까, 물소릴까, 바람 소리일까.

고등어

고등어 한 마리가 내게로 왔다
푸른 물결무늬를 번쩍이며
물찬 지느러미로 한 바다를 내달려와
이 아침 나의 밥상이 바다처럼 빛날 것이네

몸에 좋다는 등 푸른 생선
석쇠 위에 누워서 자글자글 익어갈 때
몸을 짜낸 기름이 뚝뚝 떨어져
피식피식 숯불을 끄려 할 때
언제나 저 눈이 문제야,
나를 빤히 쳐다보는 눈
까마귀는 맨 먼저 눈을 빼 먹지

뻥 뚫려 멍한 눈
보이지 않으면
세상이 지워지고 죄가 지워지고
한 끼 식사가
자르르 기름이 돌겠지

뻥 뚫린 멍한 눈
슬픈 바다가 소리치는 이 아침
고등어가 눈을 감으니
또 다른 눈이 나를 바라보네

시계 소리

해는 중천에 멈추고
재깍재깍
무료한 한낮을
늘어져 잠을 자네

바다에 놀이 잦아들고
적 적 적 적
어느 무인도에
꽃잎이 지겠네

한 밤 블랙홀 속으로
덜컹 덜컹
무쇠 캐터필러가
나를 뭉개고 가네

길을 찾다

메마른 대지의 뿌연 먼지 속을
코끼리 떼가 흐느적 흐느적 가고 있다
어미가 더듬어 간 그 어미의 발길을 따라

어느 날 문득
숲속을 걸어가고 있었다
나무와 나무 사이로
안개는 강물처럼 흐르고
불안을 감추려고 굳게 악수를 나누며
전해오는 피리 소리를 들으며 우리는
숲으로 난 작은 길을 따라가야 한다
저녁이 되고 아침이 되는 동안
우리는 서로 바라보지 못하고
부스럭거리는 그리움을 밟으며
서로 다른 길로 손을 흔들며 떠나야 한다
아직 빛이 남아 있는 동안
빛의 본성으로 길을 찾아 떠나야 한다

이제는 돌아가야 할 때

돌아서야 할 지점에서
돌이키는 발걸음은 아름답다.

그리움은 갈수록 맑아지고
미움도 사랑인 것을 알 때쯤
용서 못 할 무엇이
바람을 채찍질하는가.

한여름 집요하던 거미도
고독한 집념을 거둘 때쯤
마른 풀잎들은
짤랑짤랑 씨앗을 흔들고
때를 아는 나무들은
말 없이 하늘을 우러른다

이제는
벌레들의 적막을
걸어가야 할 때

돌아가야 할 때를 알고
돌아서는 발걸음은 아름답다.

방귀가 고소할 즈음

방귀를 가지고
네 탓 내 탓 시비하지 마라
내 살아온 날에 똥을 싸고 방귀를 뀌었으니
그 소통이 막혔으면 어쩔 뻔했나

잡동사니로 가득한 내 속의 것이 고소할 즈음
그제야 세상 돌아보며 신산하기만 한 삶도 살가운 정인
티격태격, 늙은 마누라 애틋하여 눈물이 날 때
인생이 결코 허무하지만은 않다는 것과
어느 날 죽음의 손을 덥석 잡고
천상병처럼 웃으면서 따라 나서게 될 터이다.

시 한 편의 향수와
한 점 그림의 꿈과

미움도 들여다보면
시커멓게 탄 나의 사랑
이 모두 내 속의 것들
오랜 인고의 발효된
내 영혼의 향기인 것을

십일월의 나무

손을 흔들며
떠날 때가 온다고
떠나는 사람마다 말하지만

이별은 돌연한 불운이 되고
하염없이 나른한 날들을
들꿩의 먼 소리는 한적하다

낙엽이 내리는 밤
달빛으로 울던
소쩍새도 떠나고

십일월의 빈 들에
나무는
휘파람만 불고 있네

제 4 부

슬픔은 아침 바다 그득히

눈부시게 반짝이는 윤슬

달맞이꽃

구월 열이레 달 설레는
바다로 난 오솔길에
달맞이꽃 오종종 피어서
달빛 꽃물을 들이고 있네

그적에도 그렇게 피어
누이는 달맞이꽃 머리에 꽂고
달처럼 환하게 웃더니만
가슴에도 두 개의 달이 떠서
갯바람에 출렁이더니만

빈 세월이 낡을 만도 한데
천공에 눈물 나게 환한 달
웬일로 물에 빠져서 첨벙거리나

슬픔을 방목한다

하늘, 저 파란 어디에서
슬픔은 오는 것일까
빈 화선지에 물 칠만으로도
진하게 번져 나오는 슬픔

삶이란 무작스러운 것
슬픔의 모가지를 다 비틀어놓고
아무렇지도 않은 척
우적우적 밥을 넘긴다.

나를 일어서게 하는 힘은
언제나 슬픔
슬픔이 아니면 무엇으로
사랑이 아름다울 것이며
사람이 사람 될 것인가.

노을이 곱던 밤이면
학교 파한 아이들처럼
우르르 쏟아져 나오는 별들

두런두런 옛이야기로 날이 샐 때

슬픔은
아침 바다 가득히
눈부시게 반짝이는 윤슬
네 슬픔을 방목한다.

흔들림에 대하여

산다는 것은
순간에서 순간으로
끝없이 흔들리는 것

바람 부는
이러저러한 세상
더 얼마나 몸부림쳐야
강물처럼 유장하게 흐를 수 있나
또 얼마나 휘둘려야
바람처럼 훌훌 떠날 수 있나

벌새는 꿀 한 방울 얻으려고
1초에 90번의 날갯짓을 하고
꽃은 꽃이 되려고
그 겨울 땅속에서 그렇게
얼어붙은 꿈을 밀어 올린다

순간에서 순간으로
얼마나 흔들려야 나무처럼
꼿꼿하게 서랴.

그리움

비 그친 처마 끝에
한사코 매달려

뚝,
한 방울이 겨워라

뚝,
먼 날이 겨워라

떠날 때는 2

떠날 때는 강물에 누워
소리 없이 흐를 일이다

소리쳐 불러도
강물은 뒤돌아보지 않고
한 시절 뜨겁게 달구더니
제비 빈 둥지가 덩그렇다

떠날 때는 달도 별도 없이
구름으로나 흐를 일이다

고물상에 널린 부서진 이야기들
멀어지는 뒷모습을 보겠느냐
사는 것은 날마다 떠나는 일
눈물이 나면 휘파람이나 불면서 가라

어느 사무치는 날에
그리움도 오랜 친구이러니
달빛 서러운 네 창가에

술 한 잔 앞에 놓고 다정하리니

떠날 때는 강물에 누워
소리 없이 흐를 일이다.

소년, 그리고 노인

그 봄날은 길었네
게으른 해는 중천에서 졸고
보리 이삭 팰 무렵 뻐꾸기는
왜 그렇게 울어싸는지
누이는 뻐꾸기 소리로 떠나고
아이는 뻐꾸기 둥지를 찾아
날도 없이 산속을 헤집고 다녔네
나무들의 축 처진 어깨 위로
해도 지쳐서 늘어지는 한낮
개개비 둥지는 비어 있고
가슴에 뻐꾸기 소리만 채우고 왔네
시골 포구는 항구로 개발되고
엔진 소리 먹먹한 방파제에 앉아
멸치 떼 붐비는 저녁 바다를 바라보네
빈 가슴에선 바람 소리만 울고
봄은 가더니 오지 않고
누이는 영 소식이 없고
먼 수평선에 불을 켜는 뻐꾸기 소리

빈집 7

구름처럼
흐르는
집 한 채 있네

눈비에도 바래지 않고
세월에도 지워지지 않는
바닷가 늘 그 자리에
해조음이 흐르는 집

그리우면
몸을 뉘였다 오고
외로우면
울다가 오는

먼 날의
집 한 채 있네

별

바람이 서늘한 뜰에서
저무는 하늘을 거니노라니
벌써 나온 별 하나 깜박입니다

어쩌다 마주친 눈빛이라고
스치는 바람이겠습니까
저렇게 많은 별들인데
어쩌면 저 별
몇 광년을 걸어온 약속인지요

먼 날 슬며시
떡 하나 쥐어주고는 얼른 돌아서던
볼그레한 누이인 것도 같고
한생을 허드레로 살다 가신
어머니의 슬픈 눈빛 같기도 한

너무 높아서 외로운 별은
너무 멀어서 그리움이 됩니다

오늘도 뜰에 나와 목이 길어지나니

눈빛으로만 글썽이는 별 바라기
별똥별 긴 꼬리가 한참이나 됩니다

진 올레*

진 올레에 바람은 끝없이 불었네
게으른 해는 누렇게 떠서
한길까지는 한참이나 되었지
해방이 되어 쨍쨍한 날에도
징용 간 큰아들은 돌아오지 않고
흘긋흘긋* 모가지만 길어지더니, 어머니
아들 따라 진 올레를 떠났네
4·3 미친 바람에 홀로 된 큰누이
세 살배기 떼어놓고 밀항선을 타더니
60년 그리움에 한 줌 재로 돌아와서
어미 무덤에 바람 한 자락 붙들고
삘기 하얀 넋이 서럽다 서럽다 하네
철모르는 새들은 즐거워도
진 올레 응달에 잔설은 쉬 녹지 않고
춘궁기 서포리* 장만하던 봄날에
배고픈 해가 길고 길었지
고향이라 하여도 무정하여
무엇이 멱살을 잡고 놓지 않는가
탕탕 가슴 치는 소리에 눈을 뜨니

백발의 아이 하나 어슬렁거리고 있네

다들 어디 갔을까

거기 한 뼘도 안 되는 올레길이

왜 그리 길고 길었는지

* 진 올레 : 집에서 큰길로 나가는 긴 골목. 제주 말
* 홀긋홀긋 : 기다림으로 눈이 자주 가는 모습. 제주 말 의태어.
* 춘궁기 : 보릿고개를 이르는 한자어.
* 서포리 : 설익은 보리. 춘궁기에 설익은 보리를 장만하여 연명하
   였다.

기적(汽笛)

기적(汽笛)이 울어
"잘 있거라, 나는 간다"
흘러간 노래가 너울지는 부두에
갈매기 날개 어지러이
내 오랜 울렁증이 다시 울렁인다

가는 사람 오는 사람
어디서나 표정 없는 얼굴들
낮술 탓인가
웬일로 여객선 터미널에 와서
일없이 나는 섭섭하고 슬퍼지는가

남쪽 바다 끝
외진 사람들이 외로운 섬
노교수의 낡은 노트처럼
버리지 못한 미련만 두고
물결은 왔다가
그길로 돌아가고

연락선이 사라진 수평선에

조어의 불빛이 하나둘 켜지고
나는 방파제 끝에 나와 앉아
무슨 기적(奇蹟)이라도 기다리는가

제 5 부

하늘의 반을 가리고 선 느티나무

우뚝 선 진실은 아무 말이 없다

날개 1

참새 한 마리 쪼르르 내려와서
대야에 남은 물로 날개를 파닥이더니
바람 시원한 울타리에서 깃을 말쑥하게 고르고는
포르릉, 누구에게로 날아간다

돌아보니
내 몸에 더께 진 때
찌든 곰팡내가 난다

내 몸 하나,
한 세상 잘 살다가
깨끗이 빨아서 돌려드릴 옷

피부가 벗겨져라
때를 밀면
참새의 날개 하나 얻을까

포르릉
그에게로 날아갈까.

바람이 분다
　― 4 · 3을 생각하며

여전히
해묵은 바람이 분다

이 들판에서 본 적이 없는
외딴 바람이 불어 가더니
오름마다 갯바위마다
어미의 곡소리 새겨놓고 잉잉
바람이 불 때마다 울고 있네

돌밭을 일구는 정직한 들녘에
느영 나영 그 오랜 돌담
반연으로 오순도순 살았는데
마른 날에 우레 번개 치더니
와르르 무너져 난장이 되었네

미친바람 불어 간 것을
불어가더니 그뿐인 것을
만성된 본병 생살을 찢으며

허준이 살아 오면 치유될까

70년 지고 온 멍든 세월로
너와 나의 돌담을 다시 쌓아야 한다
꽃들이 다투어 피고 새들이 즐거운
옛적 솔 청청한 숲을 가꾸어서
다시는 바람에 휘둘리지 않으리

느티나무

지금은 잃어버린 이야기
사쿠라*에 치여 늘 외로웠던 늙은 느티나무
'북제주군 보호수'라는 명패를 가슴에 걸고
혼자 우두커니 서서 하늘만 쓸고 있다
양철집 두 동을 좌우에 거느린 기와집
'ㄷ字' 서향으로 앉은 강의원네 넓은 뜰에
봄이 오면 사쿠라 세 그루가 흐드러져 난만하였지
마을 처녀들이 접시 깨느라 깔깔거리고
일본에서 공부했다는, 카메라를 메고 온 미남 청년과
그 주변에 꼬이던 많은 얘기와……
신산한 샛바람에 불이 붙던 사월
꽃잎은 하롱하롱 함박눈처럼 날리는데
흉문이 호열자처럼 돌고 느티나무 잉잉 울던 날
웬 총성이 새벽 어둠을 볶을 때 어머니는
네 오뉘를 뒤곁 감나무 아래 담요를 덮어 숨겼다
그날 폭도들의 습격으로 순경 둘이 죽고 한 명은
배에 총을 맞고도 유리창을 뛰어넘어 살았다 하였다
그 일 후에 초등학교 선생 한 분이 잡혀가고
일본에서 공부했다는 미남 청년도 잡혀가고

강의원의 젊은 조수는 야반도주하고 그 죄목으로

강의원이 잡혀가더니 그것으로 그만이었다

지서 앞에는 폭도들의 머리가 대롱대롱 매달리고

오일장터에서 고내오름 스님과 두 사람이 참살당할 때

그 일그러지던 얼굴은 지금도 가위눌릴 때가 있다

고우시던 강의원댁 어머니와

공부 잘하는 예쁜 누나와 나의 친구와 그 동생

네 식구는 집을 팔고 떠난 후로는 소식을 모른다

기와집도 헐리고 사쿠라도 잘리고

강의원의 옛 뜰에 다시 사월이지만

영영 봄은 돌아오지 않고

하늘의 반을 가리고 선 느티나무

저만 그의 대지를 꽉 움켜쥐고

우뚝 선 진실은 아무 말이 없다.

* 사쿠라 : 겹벚꽃의 일본어.

거울 2

― 자화상

타클라마칸을 건너왔는지
황사를 더께 쓴 사내가
달빛 내리는 뜰에
무채색으로 있다

거울 앞에 서면
화석으로 굳은 얼굴
한 번 웃으니 좀 낫고
두 번 웃으니 좀 더 낫고
웃다가, 웃다가 울어버린다

초로라 했는가?
이슬이야 하늘의 눈물
목마른 벌레들이 노래 부르고
풀이야 대지의 비단옷
풀꽃 한 송이로도 세상이 환하다

달빛 환한 하늘에
언젠가 황량한 사막의

찬란하던 별빛을 생각느니

꼬리 길게 내게로 지던 별

그 별의 이야기가 듣고 싶어진다

배가 고파 나를 먹다

아내는 위암 수술 받으려 서울 아들네로 가고
달랑 김치를 놓고 밥을 먹으려니 목이 메어
억지로 꾹꾹 눌러 넣지만 자꾸 배가 고프다
나는 늘 배가 고프다
땅에 코를 박고 썩은 고기를 찾아다니는 하이에나처럼
밤마다 쓰레기통을 뒤지는 야성을 잃은 들고양이처럼
나는 늘 배가 고파서 코를 킁킁대며 다닌다
타성이 된 나태와 무의미로 몸 하나도 귀찮아진 지금
이참에 아예 입도 창자도 생각도 없애버리고 싶다
한참을 두리번거리다가 생각해냈다
그렇지, 나를 먹어치우자
사자는 누를 잡아서 입이 벌겋게 내장부터 파 먹지
옛적 구미호도 사람을 후려서는 간을 내어 먹었지
그래, 간부터 내어 먹고 심장을 꺼내 먹자
나를 걸러내던 간을 깍두기처럼 찍어 먹고
퉁퉁퉁퉁 잠도 안 자고 나를 밀고 온 심장을 꺼내 먹었다
피가 철철 흘렀다 신이 났다
오오, 그렇게 나를 힘들게 하던 미움도 사라지고 새처럼
가볍다

평생을 나를 지고 오느라 관절이 망가진 다리도

  나 대신 온갖 수모를 감당하던 손도 오도독오도독 씹어 먹
었다

  그렇게 나를 짓누르던 뇌수, 때때에 나를 반역하는

  단백질 덩어리를 파 먹을 때 더 신이 났다

  온갖 잡스런 역한 냄새가 코를 찔렀지만 어쩐 일인가

  글래머의 엉덩이도, 닥치는 대로 잡아먹던 식욕도,

  여의도 쌍둥이 빌딩의 콧대도 납작해지고

  신통방통 만성 두통이 사라졌다

  시끄럽던 세상이 강물처럼 잔잔하게 흐르고

  산을 넘어 찾아 헤매던 행복과 평화가 가까이 있었다

  꼴불견인 것들, 그 참견 그 잔소리 그 짜증

  눈도 귀도 확 뽑아버리자 일시에 세상은 깜깜하였는데,
이내

  터널 끝에서 햇살이 쏟아지고 맑은 노래가 은은하게 들려
온다

  오오 사랑, 파도처럼 설레고 강물처럼 슬프고 동굴처럼 아
팠지만

  사랑은 내가 나이게 하는 영원한 노래, 푸른 해원에 흐르

리라

　그런데 누가 슬프게 울고 있나, 아 그리움

　쓰러질 때마다 나를 질기게 끌고 온 힘은 너였지

　저 쓸쓸한 그리움만은 꼭 손을 잡고 가야지

　지구여, 안녕!

　더 이상 배고플 일이 없으니 네게서 내 지분은 없다

　자, 하늘 끝으로 나비처럼 훨훨 날아올라라

　갑자기 그리움이 소리친다

　오오, **빨간** 사과보다 아름다운 지구여!

숲에서 1
— 태풍이 지난 후

폐허의 고요 위로
점령군의 군화 소리와
무한궤도의 굉음을 듣는다

바람과 바람의 대결로
졸지에 강간당한 숲에는
꺾이고 찢긴 신음 소리로 처절하다
새들은 벌써 떠나고
풀들은 고아처럼 엎드려 있고
뿌리를 드러내고 쓰러진 나무들
그 벌건 상처를 핥는
가을 햇살이 슬프다

빈터의 적막은
재앙의 예감처럼 떨리고
패잔병처럼 서성이면서 나는
아픔을 기억하는 대지의
잔혹한 사월의 노래를 듣노라
바람은 아닌 듯이 불어가지만

물고기의 슬픔

동굴에 물을 채우고 앉아
하늘은 점점 무거워지고
슬픔은 종일 지느러미를 흔들고 있어
난 오늘도 검은 구름처럼 아파
어디가 아픈지도 모르는 골똘한 통증
머리가 지끈거려, 뇌종양일지도 몰라
그런데 저 까만 아이들은 삭정이 같은 사지를 흐늘거리며
허옇게 뜬 눈으로 줄곧 나만 쳐다보고 있어
북한의 장사정포는 사정없이 6·25의 두려움을 때리고
국민의 옷으로 단장하고 헤픈 웃음을 흘리는 기생일까 사
기꾼일까
격투기의 챔피언을 따려고 국회의사당에서 밤낮없이 스파
링을 하고
검은 가운의 거룩한 사람들은 웬일로 저잣거리를 기웃대
는지
돌고래에 쫓기는 멸치 떼는 죽음의 뭍으로 내몰리고 있는데
가난한 사람들의 머리 위에 바벨탑을 쌓고 있는
저자들은 또 어느 외계에서 온 뿔 달린 사람들일까
사람들은 안개 속에 실체 없이 꾸물거리는 실루엣

해는 뉘엿뉘엿 지는데 저 아이는 무슨 일로

먼지 풀풀거리는 차부에서 울고 있는 걸까

어느 길에서 잃어버린 것은 무엇일까, 아니면

고도*를 기다리고 있는 것일까

노을에 빗긴 긴 그림자를 끌고

동동 떠가는 아이가 너무 슬퍼

아픈 물고기는 종일 수심을 파고 있지만 바다은 드러나지
않고

도처에서 들려오는 총소리와 몰려다니는 아우성과 그리고
신음 소리와

만성 두통은 갈수록 지끈거리고

그 오랜 슬픔을 쨍한 햇살에 내다 말리고 싶지만

동굴은 너무 깊고 하늘은 너무 무거워

"시방 지구는 궤도 이탈 중" 중얼거리는 소리

누굴까, 저 검은 그림자는

* 고도 : 사뮈엘 베케트의 「고도를 기다리며」의 고도.

시간은 강물 위로 번쩍이고

심심한 구문을 뒤적이며
입안 가득 김밥을 우겨넣다가
아바이순대를 생각하는 것은
이 또한 조건반사인가

비포장 시골길 가에
버려진 하이힐 한 짝이
하얀 구름 위로
또각또각 걸어가고

공터에 버려진 폐타이어는
민들레 제비꽃 달맞이꽃
한 아름 안고
보름달처럼 웃고

기록원의 퍼런 시선으로
시간은 강물 위로 번쩍이며 흐르는데

시간은 나를 쳐다보지도 않고

뒹굴뒹굴 굴러가는 세상

볼 하나 가득 김밥을 우겨넣고 있다.

개똥이

새벽녘에
개똥이가 엉금엉금 기어와서는
내 등에다 오줌을 누고 갔다.
여섯 살 적 아버지가 돌아가시고
6개월 후에 늦둥이 유복자로 태어난 동생
학교 파한 오후나 공일엔 내 등에서
웃고 울고, 오줌도 똥도 쌌다
어머니와 형들과 누나는 밭에 가고
개똥이가 울 때면 나도 징징 짜면서
먼먼 밭에 가서 젖을 먹이고 오곤 했다
그적에 일도 없이 차부를 왜 맴돌았는지
개똥이를 걸머메고 풀풀거리는 먼지 속을 헤매다가
저녁 어스름을 쓰고 집으로 기어 들어왔지
'어까' 하면 겨우 일어서서 헤벌쭉 웃던 개똥이
밭일이 없는 날에도 어머니는 쉴 틈이 없고
학교 파하고 오면 헤벌쭉 웃으면서 기어오던 개똥이
책보를 팽개치고 냅다 운동장으로 뛸 때에
아앙— 개똥이 울음소리가 먼 올레까지 따라오곤 했었지
개똥이는 겨우 세 살만 살다 갔다

그 겨울이 끝나고 사쿠라가 함박눈처럼 흩날리던 날
강의원에서 나력* 수술을 받고 20여 일을 칭얼대다가
봄날처럼 훌쩍 가버렸지
개똥이는 지금도 가끔씩 내게로 온다
엉금엉금 기어와서는 꼭 내 등에다 오줌을 싸고 간다
불현듯 일어나 불을 켜고 내의를 벗어 코에 대면
아련한 개똥이가 와락 온몸으로 감겨든다
봄 돌아와 세상 꽃들이 팡팡 터지는데

* 나력 : 결핵성 경부 림프샘염.

바람 2

나를 깨우는 것은 바람
내 안에 출렁이는
바다가 그리워
집을 나선다

검은 구름은 살같이 달려오고
물새도 떠난 겨울 바다에
하늘 높이 솟구쳐서
부서지는 허무의 불길

그렇게 낡아온 심해의 퇴적
묵정밭을 갈아엎어서야
박제된 의식이 부서지는 아픔으로
다시 잉태의 꿈을 꾸나니
바다는 어머니의 가슴으로 운다

그 오랜 인고의 힘으로
현무암은 물속 깊이 뿌리를 세우고
파도치는 허무의 시간을

부유하는 바람의 날갯짓이여,
오늘도 겨울바람이 거세게 불어
나 얼른 대답하고 길을 나선다.

나 그런 여자를 안다

보고 있으면 잠길 듯이 깊은
눈이 호수 같은 여자를 안다
막걸리를 벌컥벌컥 마시면서
나나 무스꾸리의 물망초를 듣는
비쩍 마른 몸만 가진 여자
문학을 좋아한다며
시인들의 배설로 도배된 북새통,
저 60년대의 '주막'의 주인인 여자
문인들의 난삽한 잡설에 끼어
밤늦도록 자리를 뜨지 못하는 여자
사랑해서 불행했던 여인 카튜샤와
황량한 시베리아 횡단열차가 떠오르는
왠지 부축해줘야 될 것만 같은
버들잎 같은 그런 여자를 안다.

제 6 부

하늘 무거운 날 허공이 쓸쓸을 쓸고 있네

가을 민들레

떠나야 한다고
소쩍새는
새벽까지 젖더니

무서리 내린 뜰
시멘트 완고한 틈새에
아침 햇살 환한 꽃

민들레야,

너 아니었다면
세상이 적막할 뻔하였다

나만큼
나로 사노라 했는데
그만 무너져 내린다

또 봄은 오고

또 봄은 오고
훌훌 겨울 옷을 벗는 햇살과
비바리*는 머리에 꽃을 달고 한들거리고
여기저기서 건달들의 휘파람 소리
온 산이 출렁출렁 홍수 지겠다

산마루에 외따로이
나는 호명하지 않는 이름,
낯선 거리를 기웃거리는 이방인
서로 부르며 날아가는
새들의 하늘로
한 점 구름을 띄운다

또 봄은 오고
실바람으로 오는 사람아,
갈수록 우람한 노송은
연신 노란 꽃가루를 흩뿌리고
더욱 외로운 하산길에

휘파람을 부는 작은 새여,

네가 참 고요하구나

* 비바리 : 처녀. 제주어.

노을

배들이 떠난
애월 포구의 저물녘은
흐물흐물 녹아내리는
묵묵한 망연(茫然)

짐짓 그대 생각에 너울지건만
바다는 너무 넓다며 칭얼대고
갈매기의 하얀 날개가 슬프다

달팽이처럼 힘겨운 날
삶은 등대처럼 외로운 것
해도 고달파서
뉘엿뉘엿 잦아드는데

하늘도 바다도 불타는
트럼펫의 금빛 연주
파도여,
숨 막히게 출렁이고 싶다

수선화 2

구름 낮은 들길에
은은한 허밍

아, 수선화!
네 향기였구나

외로이
눈밭을 걸어서

호호 손을 부는 기다림에
바람보다 서둘러 왔구나.

새벽 산길에

고내오름은
새벽빛에 오를 일이다

보광사 범종 소리 여운이 풀리는
동녘으로 어둠이 묽어지고
어둠을 지키는 소나무는
천만 개의 솔잎을 하늘에 꽂고
천만 개의 빛의 세포를 깨우고 있다

나는 또 웬 조홧속인가
열 개의 발가락 끝에서 뿌리가 내리고
열 개의 손가락 끝에서 가지를 뻗더니
온몸의 세포마다 솔잎으로 깨어난다

세상을 여는 하늘과
하루를 시작하는 해와
불타는 아침 바다와
싱그러운 바람의 노래와

산은

새벽빛에 오를 일이다

봄의 소리

남풍이 불어대는 휘파람 소리에
온 숲은 뜬소문에 수런거립니다

햇살이 종일 졸다 가면
그 밤, 별빛은 쏟아져 내리고
이 산 저 산에 꽃씨를 뿌리느라
자잘한 새소리가 왁자합니다

그 겨울은 길었습니다.
눈보라 사태 지고
세상에 믿음이 부질없다 할 때에도
그의 사랑을 굳게 믿었습니다

까르르 개나리의 노란 웃음소리에
노란 병아리들이 깨어나 삐악거리고
초등학교 음악 시간에
우르르 움이 돋는 연둣빛 노래와
팡팡, 꽃이 피는 들녘에

불꽃놀이로 귀가 먹먹합니다

세상이 온통 야단났는데
"사랑한다!"
그의 음성이 낮고 부드럽습니다

가을엔

파란 물로 씻어서
하늘에 청량한 음악이 흐릅니다

슬프고 괴로운 시간에
사랑은
모르게 익어갑니다

쓸쓸하지만
당신의 뜰에
햇살이 따뜻합니다

'사랑합니다.'
말하세요
기다리고 있으니까요

새소리 7

매화나무 외로운 그늘에
여름내 울다 간 새가 있지

새는 떠나고
먼 하늘을 바라보네

그렇게 떠날 것이면
허공마저 지우고 가지

구름 무거운 날
허공이 쓸쓸을 쓸고 있네

이 숲에 겨울이 오면

이 숲에 겨울이 오면
여린 가지에 떠는 바람 소리와
낙엽의 이야기를 들어야 해요

숲은 맨몸으로 깊어지고
새소리 저 끝으로 길게 끌고 갈 때
기다리던 눈이 내릴 거예요
축복처럼 쌓일 거예요

눈빛에 눈부셔 눈물을 흘리며
오래된 그리움으로
그 맑고 깊은 고요를 걸어요
뽀드득 뽀드득
새싹이 움트는 소리도 들리겠지요
우리 이야기는 가슴에 묻고
말없이 숲을 지나 들판 너머로
그리고 밤으로 이어지는 길에
산 노루처럼 하얗게 걷다 보면
드디어 우리 이야기도 하얘질 거여요
눈은 내리고 쌓이고……

새소리 8

새소리 따라
울던 때가 있었지

새가 날아간
슬픔은
하늘에 노을이 곱다

삼백 년 된 소나무가
툭, 솔방울 하나를 던지네

'새소리는
기다릴 때 아름다운 거라고
눈을 감고 바라보는 거라고'

저 들판 끝으로
자잘한 새소리가
우르르 날아오르네

시월서정

1

한 점 흰 구름이 걸어오네
누런 들판 너머로
참새 떼 모래처럼 날아오르고

하늘이 텅 비었네
"누이야–!"
젊은 날을 불러보지만
왠지 미안하네

2

가을 산은 캄캄한 풍악(楓嶽)
혹 고흐*일까
화가는 보이지 않고
천지는 불타는 혼돈

푸른 빛 한 점 없이
나는 이방인
자꾸 섭섭하여오네

3

바다에 잦아드는 해
색소폰 젖은 가락에
저 끝까지 몸을 떠는 바다
빛의 정령들이 왈츠를 추네

이제는 돌아가야 할 때
먼 수평선에
한두 점 불을 켜는 그리움
실루엣이 점점 깊어지네

* 고흐 : 후기 인상주의 화가.

발문

진혼의 한마당

김 석 희

　재작년 가을입니다. 일하는 중이라 꺼놨던 휴대전화를 열었더니 순동 김종호 선생의 '부재중 전화'가 몇 번 왔더군요. 오후 다섯 시경에 첫 전화, 마지막 전화는 일곱 시경이었습니다. 무슨 급한 일인가 싶어 얼른 전화를 드렸지요.

　"아이고, 미안허우다. 전화 못 받았수다."

　"뭐 햄서?"

　"그냥 있수다."

　"나와지커라?"

　"경헙주. 어디꽈?"

　"해변횟집으로 와. 김수열, 이종형도 같이 이서."

　두 시인이 제주시내에서 순동 선생을 만나러 애월에 온 모양이고, 그 자리에 합석하라고 나도 불러낸 것이지요. 하기야 둘 다 가까운 후배들이니 반가운 마음에 얼씨구나 하고 달려갔지요. 가서 보니 대여섯 모인 술자리는 이미 무르익었고, 나는 후래자삼배의 주법을 따르느라 연거푸 얻어 마셨습니다. 그렇게 몇 순배 돌고 난 뒤 순동 선생의 시집 이야기가 화제에 올랐는데, 나도 대충 알고 있는 내용이었습니다. 선생은 내년이나 후년에 제5시집을 낼 생각이고, 미술 교사 경력을 되살려 개인전도 그때 맞춰 열 계획인 것입니다. 선생의 작업실에 가서 그림을 몇 점 보기도 했고, 전시회가 열리면 구입할 속셈으로 한 점 찍어두기도 했지요.

이런저런 이야기가 앞뒤 없이 오가던 끝에 누군가가 선생한데 물었습니다.

"해설은 누가 쓸 거우꽈?"

"그건 안 정해져서."

그러고는 다시 몇 순배 돌았는데, 김수열 시인이 불쑥 나보고 말하는 것이었습니다.

"그거 형님이 쓰면 어떠꽈?"

"무신 거?"

"해설 말이우다."

"내가 평론가나 시인도 아닌디, 시집에 해설은 무슨?"

"형님도 왕년에 시 써봤잖우꽈?"

"야야, 경 말라. 문청 때 시 안 써본 사람도 이시냐?"

"시인이나 평론가가 아니난 더 좋을 거 같은디 마씸."

이쯤 되자 술자리의 다른 이들도 한마디씩 거들어대는데, 문득 순동 선생을 곁눈질하다가 그만 눈길이 마주치고 말았습니다. 선생의 호인 순동은 '巡東'이지만 '順童'으로 읽어도 좋겠다는 생각을 가끔 하는데, 그때 선생의 순한 눈빛을 보면서 더는 손사래를 치지 못하고 덥석 응하고 만 것입니다. 하긴 그동안 선생과의 사귐이나 나눈 술잔을 생각하면 이만한 청을 거절하는 게 사실 도리는 아니지요. 다만, 내가 시를 전문으로 쓰거나 읽는 사람이 아니므로 해설 같은 글을 쓸 수는 없는 노릇이니, 최근 몇 년 술벗하며 곁불 쬔 자로서 발문 같은 꼬리말 정도 쓰면 되지 않겠나 생각했습니다. (말이 나온 김에 한마디 덧붙이자면, 시집 뒤에 '해설'을 붙이는 것이 무슨 관행처럼 되어 있는데, 이런 관행을 나는 별로 좋게 생각하지 않습니다. 해설이 따로 필요할 만큼 난해한 시라면 몰라도, 그렇지 않다면 독자들 스스로 읽고 저마다 느끼는 감흥대로 이해하는 게 온당한 노릇이 아닐까, 해설이라는 군더더기가 오히려 시를 오독으로 이끌지는 않을까 하는 염려가 없지 않기 때문입니다.)

그런데 선생이 대상포진에 걸려 고생이 심했고 사모님도 병환으로 불편해진 터라, 시집이며 개인전 준비는 제대로 진행되고 있는지 궁금해서 두어 번, 시집 얘기는 슬쩍 감추고 개인전 얘기로 진척 상황을 넌지시 묻곤 했는데, 짐작대로 시원한 대답은 듣기 어려웠습니다. 그러니 마음 한편에서는 걱정과 염려가 되었지만, 다른 한편에서는 글빚을 안 갚아도 되는 거 아닐까 하는 은근 기대도 있었던 게 사실입니다. 그랬는데 올 5월 대통령선거가 끝나고 닷새 뒤, 선생이 한잔하자고 낮 술자리에 불러내서는 시집 원고를 내미는 겁니다. 가을에 출판기념회와 개인전을 함께 할 생각이라면서, 7월 말까지 말미를 주셨지요.

선생을 처음 만나던 날이 기억에 생생합니다. 40년 타향살이를 접고 귀향하여 애월 한구석에 터를 잡은 것이 2009년 4월인데, 이삿짐 정리도 채 끝나지 않은 어느 날, 아직은 잡풀만 무성한 마당을 건너 손님 둘이 찾아왔습니다. 인사를 나누고 보니 애월문학회 회장과 간사였습니다. 거실로 안내하여 차 한 잔 나누면서 이야기를 들어본즉슨, 애월문학회라는 단체가 달포 전에 결성되었다는 것. 며칠 전에 애월도서관 사랑방에서 모임을 가졌는데, 그곳 관장이, 김석희라는 작가가 낙향해서 신엄에 살고 있으니 한번 찾아가보라고 귀띔하더라는 것(정리하고 남은 책을 애월도서관에 기증했는데, 관장이 그걸 떠올렸나 봅니다). 그래서 찾아왔다며, 며칠 뒤에 열리는 해변시낭송회에 참석해주면 고맙겠다고, 한동네에 살게 되었으니 술잔이라도 나누며 지냈으면 좋겠다고, 간곡하게 요청을 하는 것이었습니다. 그때 만난 회장이 순동 선생이고, 간사는 박우철 시인이었습니다.

이쯤 되면 마냥 뻗대기만 할 수도 없는 노릇. 그래서 그 모임에 종종 얼굴을 내밀게 되었고, 회장과 간사는 문학회와 관계없이 나를 밖으로 불러내거나 집으로 찾아오는 등, 만남도 잦아지고 교제도 깊어졌습니다. 어느 날인가는 술잔을 나누다가, 띠동갑 사이엔 호형호제해도 괜찮다고 억지를 부리는 바람에, 나도 선생을 사석에서는 형님이라고 부르고 선생도 나를 아시(아우)라고 부릅니다. 그렇게 권커니 잣거니 하는 동안 세월도 함께 흘러 어느덧 10년 교유를 눈앞에 두게 되었으니, 나처럼 인연을 소중히 여기는 처지에서는 얼마나 뜻깊은 만남인지 모릅니다.

순동 김종호 선생은 1939년 11월 20일 제주 애월에서 태어나 1970년부터 미술 교사로 봉직하다 2002년에 퇴직했고, 2007년 5월에 『문예사조』라는 잡지의 추천으로 시단에 발을 들여놓았습니다. 68세에 등단했으니 늦어도 한참 늦은 늦깎이 시인인 셈이지요. 그러니 희수를 넘긴 선생에게 올해는 시인으로 10년을 꽉 채운 해이기도 합니다. 그런데 그 10년 동안 시집을 네 권이나 내었고 올가을에 다섯 번째 시집을 상재할 계획이니, 그 왕성한 필력과 생산성을 보면 늦깎이라고 부르기가 여간 민망한 게 아닙니다. 또, 나이만 따지면 원로 대접을 받아야 할 처지인데도 선생은 문학 모임이나 술자리에 젊은이 못지않은 열성과 에너지로 참석하여 노익장을 과시하고 있는 줄 압니다.

선생은 과수원 부쳐 먹던 밭의 창고 건물을 개조하여 '똥막살이'라 이름 짓고, 그곳에 출근하듯 날마다 가서 책도 읽고 글도 쓰고 그림도 그리면서 지냅니다. 그곳에는 '막둥이'라는 잡종개도 한 마리 같이 살고 있습니다, 원래는 유기견인데, 근처에 와서 얼쩡거리는 것을 선생이 달래고 길들여 반려견으로 삼은 것이지요.

그 막살이로 가는 초입에는 유치원이 하나 있는데, 선생은 교직에서 물러난 뒤 이곳 원장을 맡아, 마당을 다듬고, 주변에 꽃과 나무를 심어 가꾸고, 풀장까지 만들어 아이들을 보살 피기도 했습니다. 이 유치원과 그 인접한 양로원은 선생의 가형이 기증한 터에 애월교회가 마련한 시설인데, 목사인 가형은 일본과 미국 등지에서 목회 활동을 하다가 작년에 타계한 뒤 고향에 돌아와 묻혔습니다.

또한 이 무렵부터 선생은 아침마다 고내봉을 오르기 시작했습니다. 출근에 길들여진 생활 습관이 학교 대신 새로운 길을 찾아나선 것이지요. 고내봉은 선생의 집에서 도보로 20분 남짓한 거리에 있는 오름인데, 보광사 옆으로 나 있는 산길을 따라 걷다 보면 산새 소리, 바람 소리, 바람에 쓸리는 나뭇잎 소리에, 간밤의 숙취가 남아 있던 머리는 맑아지고, 또 오름 한쪽에 모신 부모님 산소에 들러 문안을 여쭙고, 그렇게 몸과 마음이 정화되는 사이, 선생이 어느 자리에서 토로한 바에 따르면, "어느 날 시가 가슴으로 '쿵' 떨어져 시를 쓰게 되었다"고 합니다.

그 정경이 다음 시 두 편에 여실하게 그려져 있습니다. 앞엣것은 제1시집에 실린 작품이고, 뒤엣것은 제5시집에 실린 작품입니다. 10년 세월 한결같은 선생의 고내봉 산책은 뮤즈를 만나러 가는 순례(혹은 밀회?)의 길인 것이지요.

보광사 오르는 길에
숲의 서늘한 흐느낌과
풀꽃들의 떨리는 몸짓과
산새들은 몸짓만 있는데

저 질펀한 들판에 출렁이는 바람
억새도 띠도, 누웠다 일어났다
제자리를 억세게 버티고 있다.

능선 따라 촘촘한 무덤 마을에
오늘을 그렇게 살고 싶었던 사람들이
어제 주민등록을 옮겨왔다고 하는데
저리도 가슴 빵빵한 사연은 무엇인지.
"여보시오, 댁들은 평안하신가?"
"혹 내게 하고 싶은 말은 없으신지?"
침묵의 마을에 메아리만 살고

어제와 오늘 그 사이에
대화는 영영 단절되고
저 바람 불어오는 서글픔.
　　　　　　　　　 ─「바람 부는 날이면」 전문

새벽을 더듬어
고내오름을 오를 제
억새꽃 물결치는 길 끝에
가난한 마누라 손을 흔들며 있네

철없어 허둥대는 아이
조심조심 한 걸음씩만 오르라고
처음 해보는 부끄러운 손을 흔들 때
퇴행성 갈퀴손이 갈매기의 하얀 날개를 닮았네

정상의 하늘은 순전한 하늘
가슴 부풀려 한 아름 마시고
살랑살랑 미풍으로 내려올 제
열네 살 적 어머니
흰머리 날리시며 나와 계시네

"저것덜 나뒹 어떵 눈 감으코."
하시며, 눈 감으신 우리 어머니
지금도 세 살 적 뒤뚱거리는 아들
걸음걸음 더욱 발밑을 조심하라고
하얀 머리 주억이며 따라오신다.

— 「억새꽃」 전문

　이 졸문은 제5시집 『날개』에 덧붙이는 꼬리글이지만, 이 기회에 선생의 시력 10년을 더듬어보는 것도 좋겠다 싶어 그동안 나온 시집들도 훑어보았습니다. 그 제목들을 밝히면 다음과 같습니다.
　제1시집 『뻐꾸기 울고 있다』(2008년 3월, 미래문화사)
　제2시집 『설산에 오르니』(2010년 10월, 미래문화사)
　제3시집 『순례자』(2011년 10월, 도서출판 AJ)
　제4시집 『소실점』(2013년 12월, 창조문화사)

　통독하고 나서 먼저 느낀 바는, 선생은 '그리움의 시인'이라고 칭해도 좋을 만큼 '그리움'에 사로잡혀 있구나 하는 점입니다. 그리움의 정조는 다섯 권의 시집 곳곳에 넘쳐납니다. 때로는 시냇물처럼 행간에 스며들기도 하고, 때로는 파도처럼 몇 작품에 걸쳐 넘실대기도 합니다.

"그리움에도 무게가 있다면/내 그리움의 무게는 얼마나 될까/한 세월 모르게 짓무른/가슴의 무게는 얼마나 될까" (제1시집, 「그리움에도 무게가 있다면」)

"그리움 하나로/어둠을 더듬어 왔으니/ [……] 시야!/길 잃지 말거라." (제2시집, 「나의 詩야!」)

"그 겨울 백색의 골짜기에 눈사태지고/겨울 강에 얼음이 쩡쩡 소리치던 것을/이제 물오른 나뭇가지 끝에/몸 떨리는 사랑, 은하수별의 길을 돌아/먼먼 그리움을 걸어왔습니다." (제3시집, 「꽃 2」)

"겨울 햇살/ 툇마루에/그리움 한 줌//어디쯤에서/잃어버린/향기일까" (제4시집, 「커피 한 잔 3」)

"가도/가도/그 자리//닿을 수 없는/그리움//가다가/가다가//죽어서 건너갈/나의 수평선" (제5시집, 「수평선 3」)

시인은 자고로 지상에서 저주받은 자들이라 했으니, 그렇다면 선생은 그리움에 저주받은 시인일 터. 무엇이 선생을 그토록 그리움에 목매게 했을까? 그 단초를 열어주는 구절은, 그러나 뜻밖에도 멀리 있거나 찾기 어려운 곳에 숨어 있지 않습니다. 선생의 시를 읽어온 이라면, 아마 다른 것은 다 잊더라도 이 구절 하나만은 기억에 남아 있지 않을까 싶군요.

"고향에 살면서 고향이 그립다."

제1시집에 실린 「뻐꾸기 울고 있다」의 맨 끝 행입니다. 이 시는 '머리말'을 대신한 「서시」 다음에 나오는 작품이므로 사실상 선생이 가장 앞장세운 작품인 것이지요. 그랬으니 선생도 작정하고 이 제목을 시집 제목으로 삼은 것 아니겠습니까.

그런데, "고향에 살면서 고향이 그립다"라니? 이 반어법의 패러독스가 참 곱씹을수록 묘합니다. 뜻은 금방 알겠는데, 다시 읽으면 왠지 아리송해집니다. 비유하자면, 한 여인과 엇갈려 지나간 뒤, 문득 잔영처럼 떠오른 자태가 평범한 듯하면서 묘한 매력을 풍기는 바람에 뒤돌아보는 기분이랄까요? 나는 다섯 권의 시집을 훑어보았다고 말했지만, 실은 저 여인의 정체가 궁금하여 그녀의 그림자를 몰래 따라간 것에 지나지 않습니다. 그렇게 뒤따라가는 길목 길목에서 만나는 '그리움'의 변주들은, 때로는 선생의 개인사를, 때로는 가족사를 들려줍니다.

처음 만나게 되는 것은 선생의 개인사인데, 특히 제1시집에 실린「서울무정」연작에 여실히 드러나 있습니다.

"1955년 열다섯의 서울거리/명보극장, 화원시장,/을지로3가에서 동대문시장을/헤매고 다닌 세월이 있었다."(「서울무정 1」)

"왜 그렇게/ 고향바다가 떠올랐는지 몰라."(「서울무정 2」)

"중학교 졸업하고 몇 년을/서울거리를 기웃거리고 다닐 때/ [……] 고향에도 함박눈이 푹푹 내리겠지/산이며 들이며 하얗게 쌓였겠지/이 저녁 한라산 노루들 푹푹 빠지면서/마을로 내려오겠지."(「서울무정 3」)

"소싯적 서울 4년에/안 해본 짓이 없다/ [……] 어려서 그런가/그때는/왜 그렇게 서러웠는지 몰라/떨어지는 눈물이 더 서러워서/목 놓아 울곤 했지."(「서울무정 4」)

이 시편들은 "부모를 일찍 여의고/늘 꾀죄죄한 중학생이 었"(「여자에게 다가가지 못하는 아이」)던 선생이 중학교를 마치자 정 붙일 수 없는 고향을 떠나 서울에서 고단한 삶을 살던 시절의 회상입니다. 이런 사연쯤은 전란과 궁핍의 시대를 살아야 했던 이 나라에서 유별난 것도 아니지요. 물론 한 개인에게 이 세상은 하나의 우주이니, 저마다 겪은 고통과 아픔이야 상대적으로 헤아릴 수는 없는 것이지만요.

어쨌든 선생은 타향살이 4년 만에 고향에 돌아와 뒤늦게 고등학교를 마치고, 군대를 갔다 오고(PX병으로 근무한 기억은 아직도 종종 술안주가 됩니다), 이루지 못한 첫사랑의 아픔을 가슴에 묻고, 우울하게 보내던 시절 보충 교원 양성의 기회를 잡아 교사가 되고, 미술 교사로 제자들을 가르치고, 자식들 다 커서 저마다 앞가림 잘 하고 있고, 무난히 퇴직한 뒤에는 시인이 되고…… 그런데도 "고향에 살면서 고향이 그립다"?

선생에게 고향은 무엇인가? 제4시집의 「자서」에서 이렇게 쓰고 있습니다.

애월은 작은 포구로 내가 낳고, 자라고, 지금도 살고 있는 고향이다. 마을의 중심에는 하물이라는 샘이 있는데 애월 마을을 먹여 키운 젖줄이다. [……] 밀물이 들어왔다가 썰물로 나가듯이 섬 아이들은 자라면서 고향을 빠져나가고, 떠나지 못한 나는 방파제에 앉아 먼 수평선을 바라보며 꿈을 꾸었고 그리움도 배웠다. 밀물과 썰물처럼 수없이 만나고 헤어지면서 그리움은 쌓이고 깊어갔지만, 나의 그리움의 많은 부분은 대상이 없는 원초적 그리움이다.

꿈인 듯이 분명치 않으면서 사무치는 나의 원초적 그리
움은 어디서 오는 것일까.

선생 자신도 근원을 알 수 없었던 그리움, 그 정체를 나는
제5시집을 읽고 나서야 그 실마리나마 짐작할 수 있었습니다.

어릴 적 병명도 없이 실실 마를 때
나를 들쳐 업고 한의원을 오갈 때
어머니의 등이 지금도 따뜻하다
바람 부는 날은 아버지의 공일
포구 주막으로 뗀마(전마선)처럼 따라 갈 때
어부의 억센 손이 지금도 넉넉하다.
　　　　　　　　　　　—「사막의 방랑자」 부분

여섯 살 적 아버지가 돌아가시고
6개월 후에 늦둥이 유복자로 태어난 동생
학교 파한 오후나 공일엔 내 등에서
웃고 울고, 오줌도 쌌다 [……]
개똥이는 겨우 세 살만 살다 갔다
　　　　　　　　　　　　　　—「개똥이」 부분

열네 살 적 어머니 [……]
"저것덜 나뒹 어떵 눈 감으코."
하시며 눈 감으신 우리 어머니
　　　　　　　　　　　　　　—「억새꽃」 부분

4·3 미친 바람에 홀로 된 큰누이
세 살배기 떼어놓고 밀항선을 타더니
60년 그리움에 한 줌 재로 돌아와서
어미 무덤에 바람 한 자락 붙들고
삘기 하얀 넋이 서럽다 서럽다 하네

— 「진 올레」 부분

고향이 고향인 것은 거기에 가족이 더불어 있기 때문입니다. 그러니, 부모님과 업어 키운 동생과 (어쩌면 선생을 업어 키웠을) 누나가 부재한 집/고향은 이미 집/고향이 아닌 것이지요. 그래서 떠났지만, 그리워 다시 돌아옵니다. 그러나 그 집/고향은 이미 옛 집/고향이 아닙니다. 어머니도 아버지도 동생도 누나도 없는 집/고향은 이제 없는 것이나 마찬가지지요. 그래서 선생은 그 고향에서 다른 고향, 그러니까 아버지와 어머니, 동생과 누나, (그리고 형들) 이렇게 피붙이 식구들이 "두렛상에 둘러앉아/양푼 가득 퍼온 보리밥"(제4시집, 「빈집 3」)을 나눠 먹던 그때의 고향이 그리운 것입니다. 유토피아에 대한 동경이라고 할 수도 있겠지요. 유소년 시절에 겪은 그 상실의 체험은 세상의 종말과도 같은 것이어서, 선생에게 그런 도피처라도 마련해주지 않았다면 아마 선생 자신의 파괴로 이어졌을지도 모릅니다.

그리움은 동경일 뿐만 아니라 허기이기도 합니다. 그렇다면 선생에게 그 허기는 무엇일까? 감히 짐작하건대, 아버지와 어머니, 동생과 누나를 속절없이 떠나보내야 했던 소싯적의 무력감, 그것이 나중에 커서는 죄책감으로 번졌을지도 모릅니다. 그래서 더욱 그들에 대한 그리움의 끈을 놓지 못했을 테지요. 선생에게 시는 그 끈을 붙잡아두기 위한 수단이 아니었을까요? 그러니 이번에 그들을 불러낸 것은 초혼이고, 그렇다면 제5시집은 그리움을 불사른 진혼의 한마당이 아닐까 생각합니다. 누군가를 그리워하고 기억한다는 것은 그 존재를 증명해주는 수고이니, 이보다 더 소중한 진혼곡이 어디 있겠습니까.

金碩禧 | 소설가·번역가

푸른시인선 010

날개

인쇄 · 2017년 9월 5일 | 발행 · 2017년 9월 10일

지은이 · 김종호
펴낸이 · 한봉숙
펴낸곳 · 푸른사상사

편집 · 지순이 | 교정 · 김수란
등록 · 1999년 7월 8일 제2-2876호
주소 · 경기도 파주시 회동길 337-16(서패동 470-6)
대표전화 · 031) 955-9111(2) | 팩시밀리 · 031) 955-9114
이메일 · prun21c@hanmail.net
홈페이지 · http://www.prun21c.com

ⓒ 김종호, 2017

ISBN 979-11-308-1213-7 03810
값 8,800원